AF596837

BIBLIOTHÈQUE MORALE

DE

LA JEUNESSE

PUBLIÉE

AVEC APPROBATION

Je ne veux pas que vous vous battiez pour moi.

(L'Enfant adoptif.)

L'ENFANT ADOPTIF

PAR C. F.

ROUEN

MÉGARD ET Cie, LIBRAIRES-ÉDITEURS

1867

Les Ouvrages composant la **Bibliothèque morale de la Jeunesse** ont été revus et **ADMIS** par un Comité d'Ecclésiastiques nommé par MONSEIGNEUR LE CARDINAL-ARCHEVÊQUE DE ROUEN.

L'Ouvrage ayant pour titre : **L'Enfant adoptif**, a été lu et admis.

Le Président du Comité,

Picard

Archip. de la Métrop.

AVIS DES ÉDITEURS.

Les Éditeurs de la **Bibliothèque morale de la Jeunesse** ont pris tout à fait au sérieux le titre qu'ils ont choisi pour le donner à cette collection de bons livres. Ils regardent comme une obligation rigoureuse de ne rien négliger pour le justifier dans toute sa signification et toute son étendue.

Aucun livre ne sortira de leurs presses, pour entrer dans cette collection, qu'il n'ait été au préalable lu et examiné attentivement, non-seulement par les Éditeurs, mais encore par les personnes les plus compétentes et les plus éclairées. Pour cet examen, ils auront recours particulièrement à des Ecclésiastiques. C'est à eux, avant tout, qu'est confié le salut de l'Enfance, et, plus que qui que ce soit, ils sont capables de découvrir ce qui, le moins du monde, pourrait offrir quelque danger dans les publications destinées spécialement à la Jeunesse chrétienne.

Aussi tous les Ouvrages composant la **Bibliothèque morale de la Jeunesse** sont-ils revus et approuvés par un Comité d'Ecclésiastiques nommé à cet effet par SON ÉMINENCE MONSEIGNEUR LE CARDINAL-ARCHEVÊQUE DE ROUEN. C'est assez dire que les écoles et les familles chrétiennes trouveront dans notre collection toutes les garanties désirables, et que nous ferons tout pour justifier et accroître la confiance dont elle est déjà l'objet.

L'ENFANT ADOPTIF.

Trois heures du matin sonnaient à l'église du village, quand Périne ouvrit les yeux. Elle les referma aussitôt; ils étaient encore gros de sommeil; car elle avait bercé pendant une bonne partie de la nuit son petit Charles, qu'elle aimait beaucoup, mais qui lui donnait bien du mal.

— Il faut pourtant se lever, dit-elle; l'ouvrage presse, et le bon Dieu n'aime pas les paresseux.

Elle fit le signe de la croix et murmura tout bas une courte prière, puis elle s'habilla promptement et sortit sans bruit de la chambre. Elle alluma le feu, suspendit la marmite à la crémaillère, donna un coup d'œil à son petit ménage et se hâta d'aller traire sa vache. En rentrant, elle appela son mari, qui ronflait encore.

— Jean, dit-elle, il est plus de trois heures, et la journée sera chaude.

Jean fut debout à la minute; il trouvait que trois heures c'était bien tard.

— Partons, dit-il, nous nous reposerons pendant la chaleur.

— Oui, répondit Périne ; mais si pressés que nous soyons, nous pouvons bien prendre le temps de dire notre prière.

— C'est juste, répliqua Jean ; car c'est le bon Dieu qui nous a donné le beau blé que nous allons couper.

Ils s'agenouillèrent près du berceau du petit Charles; Périne récita pieusement le *Pater*, l'*Ave Maria* et le *Credo*. Jean y ajouta cette simple prière : « Mon Dieu, bénissez-nous, ainsi que notre enfant, et faites-nous la grâce de l'élever chrétiennement. »

— Ainsi soit-il ! répondit la bonne mère, en écartant les rideaux qui protégeaient le sommeil du petit Charles.

Tous deux le regardèrent un instant, puis ils s'éloignèrent sans oser effleurer de leurs lèvres le front du bel enfant. Périne ferma la porte; elle en remit la clef à une voisine, qui, n'allant pas aux champs, se chargeait volontiers de veiller sur le petit, et elle partit gaîment, la faucille en main, pour commencer sa dure journée.

— Je te trouve pâle, lui dit Jean; tu as trop de mal, ma pauvre femme, et j'ai peur que tu ne viennes à tomber malade.

— Il n'y a pas de danger, répondit Périne; je ne me suis jamais mieux portée; le bon Dieu donne la force à ceux qui ont la bonne volonté.

— C'est égal, Périne, je voudrais être riche, pour ne plus te voir tant travailler;

mais quand on n'a que ses bras, on est sûr de rester pauvre.

— Qu'est-ce que tu dis donc, Jean ? Est-ce que nous n'avons pas une maison, un coin de jardin, un pré pour nourrir la vache, et presque autant de pain qu'il nous en faut pour l'année ? Il y en a beaucoup qui se trouveraient bien riches, s'ils en avaient autant.

— Ça se peut ; mais quand je vois les belles dames de la ville venir se promener par ici, je pense que tu porterais aussi bien qu'elles des parasols et des robes de soie.

— Quelle idée ! dit Périne, en riant de bon cœur. Mais je ne saurais comment tenir le parasol et je ne pourrais pas marcher, si j'avais autour de moi une robe à falbalas, par-dessus des cercles de fer larges comme un tonneau. Est-ce que tu ne me trouves pas belle, quand j'ai ma jupe des dimanches et mon tablier noir ?

— Si fait ; mais tu diras tout ce que tu

voudras, nous travaillons d'un bout de l'année à l'autre, et nous ne sommes pas plus avancés à la fin qu'au commencement.

— Allons, Jean, tu as fait quelque vilain rêve, reprit la jeune femme ; c'est pour cela que tu es maussade aujourd'hui ; tu ne te rappelles donc pas que tu me disais, il y a deux ou trois jours, que tu étais l'homme le plus heureux du monde ?

— Dame ! c'est toujours un bonheur que d'avoir une bonne femme comme toi et un bel enfant, bien portant, comme notre petit Charles.

— Et un champ couvert d'épis comme celui-ci, ajouta Périne, en déposant près d'un tas de gerbes la hotte dans laquelle se trouvaient son déjeuner et celui de son mari.

Jean ne répondit pas ; il se mit au travail, et sans doute ses idées noires se dissipèrent, car bientôt Périne l'entendit siffler et chanter. Pendant qu'elle continuait à moissonner devant lui, il ramassait les javelles, les liait et les plaçait les unes sur les autres de manière à les préserver de la pluie, s'il survenait un orage.

Périne ne chantait pas, elle pensait à son petit garçon. Elle l'avait laissé bien endormi, sous la garde de sa voisine; mais les mères ne sont jamais tranquilles loin du berceau où repose l'objet de leur amour; et si Périne enviait quelque chose aux belles dames de la ville, c'était le bonheur de pouvoir veiller sans cesse sur leurs enfants. Elle se disait qu'il était sans doute éveillé, qu'il pleurait peut-être, et elle souffrait de ne pouvoir apaiser ses cris. Il lui semblait parfois les entendre; elle se levait pour mieux écouter, et elle reprenait sa besogne, en se moquant d'elle-même; car elle était à plus de six cents pas de sa maison, et la voix de l'enfant ne pouvait venir jusqu'à elle.

Cependant un gémissement lui parvint, suivi d'un autre si distinct, qu'il n'était plus possible de s'y méprendre. Elle déposa sa faucille, et courut vers un champ de luzerne d'où semblaient partir ces plaintes. Elle n'entendit plus rien, et, se croyant le jouet de son imagination, elle vint reprendre sa besogne; mais elle n'avait pas coupé trois poignées, que le même bruit recommença.

Périne appela son mari.

— Jean, lui dit-elle, il y a par là un enfant qui pleure ; il faut savoir où il est.

Jean se mit à rire; mais il ne rit pas longtemps; car les cris reprirent de plus belle.

— Je ne vois personne, dit-il; si c'est un enfant, c'est un pauvre abandonné.

Périne était entrée dans la luzerne, elle regardait de tous côtés; son mari la suivit, et tous deux jetèrent un cri, en apercevant un tout jeune enfant, qui levait vers eux ses petites mains, comme pour demander du secours.

La paysanne le prit dans ses bras, le couvrit de baisers, le réchauffa contre son sein; car la rosée l'avait transi. L'enfant cessa de pleurer; il ouvrit tout grands ses yeux bleus, et il sourit.

— Vois donc, Jean, dit Périne, quelle jolie figure! Notre petit Charles n'est pas plus beau. Vois donc, on dirait qu'il te connaît.

— Qu'est-ce que nous allons faire de notre trouvaille? demanda Jean.

— Je n'en sais rien; mais nous avons le temps d'y penser. Le plus pressé, c'est de courir jusque chez nous et de faire tiédir un peu de lait; car le pauvre enfant a sans doute faim.

— Mais si ceux qui l'ont mis là venaient le reprendre pendant que nous serons partis?

— Je crois bien qu'on ne viendra pas; mais tu peux rester, j'irai toute seule au village, et je me hâterai de revenir.

— Va, répondit Jean, et ne reviens pas si vite. Quand tu te reposerais un peu, il n'y aurait pas de mal.

Périne s'éloigna; mais elle n'était pas au bout du champ, qu'elle revint sur ses pas. Elle venait d'apercevoir entre les langes de l'enfant un billet qu'elle apportait à son mari. Ce billet ne contenait que deux lignes :

« Ayez pitié de ma pauvre petite Louise : le bon Dieu vous en récompensera. »

— Qu'est-ce que tu dis de cela, Jean ? demanda Périne.

— Que veux-tu que j'en dise ? Si nous n'avions pas d'enfant, nous garderions cette belle petite; mais nous en avons un, et, comme je te le disais tout à l'heure, nous ne sommes pas riches.

— Nous ne serons guère plus pauvres avec deux enfants qu'avec un, répliqua Périne.

— Va-t'en bien vite, dit Jean; nous aurions pour trop longtemps à causer là-dessus, et la petite a faim. Tu m'attendras pour manger la soupe, et tout de suite après j'irai faire ma déclaration au maire et lui remettre l'enfant.

Périne ne répondit pas ; mais elle embrassa Louise, en lui disant tout bas, comme si la pauvre petite eût pu l'entendre :

— Ne crains rien, Louisette, nous t'avons trouvée, nous te garderons.

La voisine filait sa quenouille sur le seuil, et Charles jouait auprès d'elle; il s'était éveillé dès que sa mère était partie, et il avait fait un tel tapage, que la bonne voisine avait été obligée de le lever.

C'était un enfant gâté que Charles; il avait plus de trois ans; pourtant on le portait encore, lorsqu'il ne voulait pas marcher, et on le berçait toutes les nuits, parce que, quand il était tout petit, le médecin avait défendu de le laisser pleurer. Le bambin ne manquait pas de malice ; aussi pleurait-il de toutes ses forces, quand on n'obéissait pas assez vite à ses fantaisies.

Périne l'aperçut et l'appela de loin ; il courut vers elle en criant :

— Maman, voici maman.

La voisine, dont les yeux n'étaient plus très-bons, voulut le retenir; il s'échappa, en lui laissant entre les mains un coin de son tablier.

— C'est moi, Lisbeth, dit Périne à la bonne vieille, qui le poursuivait; le petit m'a bien reconnue.

— Vous avez donc oublié quelque chose, Périne ?

— Non, voisine; mais j'ai fait une trouvaille, et je la rapporte.

En même temps elle lui montrait la petite fille, endormie sur son bras.

— Je veux voir, cria Charles, en frappant du pied.

— Embrasse-la, dit Périne : elle est si belle et si gentille.

Charles ne se fit pas prier; Louise ouvrit les yeux et se mit à pleurer.

— Elle n'est pas gentille, puisqu'elle pleure, dit Charles.

— C'est qu'elle a faim; veux-tu partager avec elle ton déjeuner ?

— Oui, répondit Charles, pourvu qu'elle ne pleure plus.

— Et vous dites, Périne, que vous avez trouvé cette pauvre innocente ? Où donc ?

— Dans la luzerne du père Nicolas. On avait pris une de nos gerbes pour lui faire un lit.

— Est-ce que c'est à nous, la petite fille? demanda Charles.

— Ce sera à nous, si tu le veux, répondit Périne. Tu n'auras qu'à demander à ton père de la garder.

— Allons-y tout de suite.

— Non ; il est aux champs, ton papa ; mais quand il reviendra, tu lui diras que tu aimes bien la petite fille, et ce sera pour toi.

— Oui, je l'aime bien. Viens déjeuner, petite fille.

Charles avait un bon cœur ; il voulut que sa mère donnât d'abord à manger à l'enfant.

— N'est-ce pas que c'est bon ? disait-il. C'est du lait de notre Cocote. En veux-tu encore, petite fille ? Non, elle n'en veut plus, maman ; mets-lui du sucre dedans, pour qu'il soit meilleur.

Il ne voulut toucher à sa tasse que quand sa mère lui assura que Louise n'avait plus faim.

— A présent, dit Périne, il faut la mettre au lit.

— Mets-la dans le mien, répondit Charles ; je suis grand, je ne veux plus qu'on me berce.

On lui avait répété souvent qu'il était trop grand pour se faire bercer ; jusque-là, il n'en avait rien cru ; mais en se comparant à la petite fille, qui pouvait avoir cinq ou six mois, il vit bien qu'on avait dit vrai.

Sa marraine lui avait fait cadeau d'un petit lit ; il décida qu'il y coucherait, pourvu qu'on le roulât tout près du berceau ; ce que Périne promit volontiers.

La mignonne enfant s'endormit bien vite. Charles, grimpé sur une chaise, la regarda longtemps, puis il alla raconter aux marmots du voisinage que sa mère avait rapporté des champs une belle petite fille, qu'il lui avait donné son lait et son berceau ; et comme ils disaient que cela n'était pas vrai, il les fit entrer chez lui, en leur recommandant de ne pas faire de bruit, de peur de la réveiller. Ils étaient encore là lorsque Jean rentra

— Papa, dit Charles, viens donc voir ; nous avons une petite fille.

— Ce n'est pas à nous, répondit Jean.

— Mais si, c'est à nous ; maman a dit que nous la garderions, si je voulais, et je veux la garder, moi.

Vous voyez, mes petits amis, que Charles ne parlait guère poliment à ses parents ; mais je vous ai prévenus que c'était un enfant gâté. Il ne savait pas qu'on ne doit point dire : *Je veux*, surtout à son père ou à sa mère ; ou, s'il le savait, il ne s'en inquiétait guère.

— Mais tu ne sais donc pas, mon fils, que nous n'avons point de pain à lui donner ? répliqua Jean.

— Elle aura la moitié du mien, dit le bambin sans hésiter. Je lui donnerai aussi de la galette et du gâteau, chaque fois que maman en fera, n'est-ce pas, maman ?

— Tu es un bon petit garçon, répondit Périne, tu n'es pas gourmand du tout, et tu mérites que je fasse la galette un peu plus grande, afin que la part de Louise ne diminue pas trop la tienne.

— Et si tu faisais la miche un peu plus grosse, papa ne dirait plus que nous n'avons pas de pain pour la petite.

— C'est juste, répliqua Périne en riant. Qu'en dis-tu, mon homme ?

— Puisque vous êtes tous les deux contre moi, il faut bien que je fasse ce que vous voulez. D'autant plus que je ne sais pas trop si j'aurais le courage d'abandonner cette pauvre enfant que le hasard nous a fait rencontrer.

— Non, mon ami, dit Périne, ce n'est pas le hasard, c'est la Providence qui nous a envoyé cette enfant. Tu sais bien que monsieur le curé, dans son beau sermon du jour de la fête, a dit que rien n'arrive sans la permission de Dieu ; et moi, je suis persuadée que cette pauvre innocente amènera sous notre toit la bénédiction du ciel.

— Je ne demande pas mieux, répondit Jean ; mais en attendant, c'est toujours une bouche de plus à nourrir.

— C'est vrai ; mais Notre-Seigneur a dit qu'il regarderait comme fait à lui-même ce qu'on ferait à l'un de ses petits. C'est dans l'Évangile, mon cher Jean, ce serait mal d'en douter.

— Oh ! je n'en doute pas, Périne : je sais bien qu'une bonne action reçoit toujours sa récompense, si ce n'est dans ce monde-ci, c'est dans l'autre. Nous travaillons déjà beaucoup, nous travaillerons encore un peu plus, et les choses n'en iront pas plus mal.

— J'ai bien raison de t'aimer, dit Périne, en serrant la main de son mari; car il n'y a pas de meilleur homme que toi.

Louise s'éveillait, elle la prit et la lui présenta.

— Embrasse donc ta fille, mon cher Jean, dit-elle.

— Et moi, et moi..., s'écria le bambin, je veux l'embrasser aussi.

— Pauvre petite, dit Périne, si elle comprenait ce qui se passe, comme elle se réjouirait! Ce matin, elle était toute seule au monde; maintenant elle a un père, une mère, un frère qui ne l'abandonneront jamais.

— Il faudra garder ses hardes, reprit Jean, pour que, si plus tard ses vrais parents pensent à la réclamer, ils puissent savoir que c'est bien leur enfant. Ils n'y penseront sans doute pas; mais c'est toujours une bonne précaution.

— Je crois, au contraire, qu'ils en ont

l'intention ; car la petite portait par-dessous ses vêtements cette boucle d'oreille, attachée à son cou par le cordon que voici.

En même temps Périne montrait à son mari une grosse boucle d'oreille, à boule taillée, comme on en porte encore dans beaucoup de villages. Il l'examina sans y rien découvrir d'extraordinaire, et elle passa de ses mains dans celles de Charles, qui criait de toutes ses forces, pour qu'on la lui donnât.

— Tu l'as assez vue, lui dit sa mère au bout d'un instant ; rends-la-moi, de peur que tu ne viennes à la briser.

— Non, répondit Charles, je ne veux pas la rendre, je veux la garder pour m'amuser.

— Si tu n'es pas obéissant, j'appellerai Croquemitaine, et il te mettra dans son grand sac, dit Jean.

— Il n'y a pas de Croquemitaine, répliqua le petit volontaire.

— Ah ! il n'y a pas de Croquemitaine ?...

C'est ce que nous allons voir, dit le père, en s'approchant de la cheminée, et en appelant de sa plus grosse voix : Croquemitaine ! Croquemitaine !... L'entends-tu ? Le voilà qui vient.

L'enfant eut peur, malgré son apparente incrédulité ; il courut, en pleurant, se cacher dans le tablier de sa mère.

— Donne la boucle d'oreille, et Croquemitaine ne viendra pas, dit Jean.

— Non, je ne veux pas ; non, je ne la donnerai pas, répondit Charles en frappant du pied.

— Donne, mon ami, reprit doucement Périne ; c'est pour la petite sœur.

— Ah ! si c'est pour elle..., dit le bambin, la voilà.

Périne, enchantée d'avoir trouvé le moyen de se faire obéir, embrassa son fils et lui permit de passer lui-même autour du cou de Louise le ruban auquel était attaché ce pauvre bijou.

La paix étant ainsi rétablie, Jean alla chez le maire, qui était un de ses meilleurs amis et qui demeurait à l'autre bout du village. Chemin faisant, il entendit raconter qu'une femme encore jeune et très-proprement vêtue était morte, le matin même, dans une ferme voisine, où elle allait demander un morceau de pain. On venait d'en apprendre la nouvelle, et chacun se demandait d'où pouvait venir cette femme, que personne ne connaissait.

Jean pensa tout de suite que c'était la mère de la petite Louise, et il ne tarda pas à en avoir la certitude.

— Bonjour, Jean, lui dit le maire. Viens-tu aussi m'apprendre quelque aventure? Je le croirais quasi; car je ne suis pas habitué de te voir pendant la semaine. Voilà le fermier de la Grange-aux-Balles qui m'annonce la mort d'une inconnue, et le cantonnier, qui sort d'ici, vient de me dire qu'une jeune femme lui a, ce matin, confié la garde d'une enfant. Elle devait venir la reprendre tout de suite; mais elle a tant tardé, qu'obligé d'aller sur une autre route, il a laissé l'enfant dans un champ de luzerne, où il ne l'a plus retrouvée.

— C'est parce que d'autres l'ont emportée; et ces autres-là, c'est Périne et moi. Voilà pourquoi je ne suis pas aux champs à l'heure qu'il est; j'ai pensé qu'il fallait venir le plus tôt possible faire ma déclaration.

— Tu as bien fait; j'étais en peine de ce que la pauvre petite pouvait être devenue. Garde-la jusqu'à demain, je la ferai prendre par le père Bernard, qui va au marché de Verdun tous les mardis; il la conduira de ma part à l'hospice.

— Non vraiment, répondit Jean, elle n'ira pas à l'hospice: Périne veut la garder, et, ma foi! je le veux aussi.

— Mais c'est une folie, mon vieux, reprit le maire. On laisse faire ces choses-là aux gens riches qui n'ont pas d'enfants. Nous avons bien assez des nôtres.

— Bah ! fit Jean, quand il y a pour trois, il y a pour quatre ; la fillette s'élèvera sans qu'il y paraisse, et nous aurons fait une bonne action. On dit que cela porte bonheur. Et puis, quand Périne et moi nous penserions à nous défaire de l'enfant, nous ne saurions comment faire : Charles veut absolument qu'on la garde.

— Et comme Charles est le maître de la maison, il n'y a rien à répliquer, dit le maire en souriant. Eh bien ! mon ami, l'affaire est arrangée ; le maître d'école écrira tantôt une déclaration que tu signeras, et comme, ta femme et toi, vous êtes les plus braves gens de la commune, vous ferez de l'enfant ce qu'il vous plaira.

Jean revint gaîment chez lui. Périne était prête à le suivre aux champs. Elle mit la petite fille dans sa hotte ; c'était la place de Charles ; mais il la céda volontiers à Louisette, et il marcha comme un homme, en donnant la main à son père. Il arriva sans s'apercevoir de la longueur du chemin, sans se plaindre des cailloux, sans demander une seule fois que Jean le prît sur son épaule; depuis qu'il avait vu cette toute petite fille, qui ne savait encore ni parler ni marcher, il voulait être raisonnable, comme il convient à un grand garçon.

Périne remit Louisette dans le lit où elle l'avait trouvée; Charles se coucha près d'elle, pour la garder. Il eut même soin de ramasser deux ou trois pierres dans le sentier, pour chasser les loups, s'ils voulaient venir prendre sa petite sœur; mais il était si fatigué et il faisait si chaud, qu'il ne tarda pas à s'endormir comme elle. Jean disposa quelques gerbes autour d'eux, pour les mettre à l'abri du soleil, et il alla retrouver sa femme, qui travaillait de toutes ses forces.

C'est un bien dur ouvrage que de couper le blé; car on est courbé vers la terre, et la faucille est difficile à manier; mais Périne et Jean se sentaient un grand courage, depuis qu'ils avaient un enfant de plus à nourrir. Ils avaient perdu quelques heures le matin, ils les regagnèrent l'après-midi ; et quand la nuit vint, leur champ était moissonné tout entier.

— Comme nous avons été vite ! dit Jean, en sciant la dernière poignée ; personne ne voudrait croire qu'à nous deux, nous en avons tant fait. Es-tu fatiguée, Périne ?

— Pas du tout. Et toi, Jean ?

— Ni moi non plus. On ne peut pourtant pas dire que quelqu'un nous ait aidés.

— Si fait ! C'est le bon Dieu qui a travaillé avec nous, parce que nous avons fait notre devoir tantôt. Sois sûr qu'il nous rendra tout le bien que nous ferons à cette pauvre innocente.

— Si notre petit Charles était toujours aussi raisonnable qu'il l'a été aujourd'hui, nous serions déjà bien récompensés, dit Jean.

— Il le sera, n'est-ce pas, Charles? demanda Périne. Il faut bien qu'il donne l'exemple à sa petite sœur.

Charles promit tout ce qu'on voulut : il était de si bonne humeur. Son père et sa mère ne se fiaient pas trop à ses promesses; aussi furent-ils bien étonnés et bien joyeux en voyant qu'il ne les oubliait pas, comme toutes celles qu'il leur avait faites jusque-là. Autant il avait été maussade, exigeant, indocile, autant il devint aimable, doux, obéissant. Les amis de la maison ne le reconnaissaient plus, et tout le monde faisait compliment de sa sagesse à Périne, qui remerciait le bon Dieu du fond de son cœur.

Quant à Louisette, elle annonçait un bien bon caractère; elle ne pleurait presque jamais, et l'obligeante voisine n'avait pas souvent à s'occuper d'elle, en l'absence de Périne. Il est vrai que Charles restait à la maison tous les matins, et que, quand la petite fille s'éveillait, il l'amusait dans son berceau, jusqu'à ce que sa mère revînt pour leur donner à déjeuner.

L'été s'acheva ; après la moisson vint la vendange, et Périne demeura plus souvent au logis. La petite fille devenait forte ; elle commençait à connaître les braves gens qui l'avaient accueillie, elle leur souriait, elle leur tendait les bras, et d'aussi loin qu'elle voyait Jean revenir de son travail, elle jetait de petits cris d'impatience, qui réjouissaient le cœur du bon paysan.

Il faut dire toutefois qu'il ne rentrait guère les mains vides ; tantôt il rapportait une grappe de raisin qu'il avait trouvée en arrachant les échalas dans les vignes, une pomme, une poire bien mûre ; et le dimanche, il ne manquait pas d'acheter un gâteau, dont il faisait deux parts. Charles choisissait toujours la moins grosse ; encore en donnait-il la moitié à Louisette ; car s'il avait été gourmand, il ne l'était plus du tout, depuis qu'il avait une petite sœur.

La mignonne enfant n'était pas ingrate ; elle aimait Charles plus que tout le reste ; quand elle commençait à pleurer, il n'avait qu'à se montrer, et elle s'apaisait aussitôt. Elle jouait avec lui des heures entières, pendant que Périne filait au coin du feu, qu'elle leur tricotait à tous deux de bons bas de laine, ou leur préparait des vêtements pour l'été.

Le jour du nouvel an, Charles eut une grande joie. Son parrain lui avait donné un beau bâton de sucre de pomme et un gros morceau de pain d'épice. Il s'était empressé de partager le pain d'épice avec Louisette, et il avait tout doucement dégarni le bout du sucre de pomme, pour lui en donner un peu. Il l'avait ensuite soigneusement recouvert de son enveloppe dorée ; car il avait autant de plaisir à le voir qu'à le croquer.

Il n'en était pas de même de la petite fille. A peine eut-elle goûté ce beau sucre transparent, qu'elle jeta loin d'elle son pain d'épice. Elle sut parfaitement faire comprendre à Charles qu'elle voulait le reste du bâton ; mais il se contenta de le lui montrer de loin, et de l'exciter à venir le chercher. Louise était forte, elle marchait très-bien quand on la soutenait ; mais elle s'était laissée tomber quelques jours auparavant, et elle n'osait plus se risquer toute seule. Mais la vue de ce brillant objet que Charles tenait à la main lui fit oublier sa frayeur ; elle partit résolûment, traversa toute la chambre, sans faire un faux pas, et arriva près de son frère, qui jeta des cris de surprise et de joie.

Périne accourut, Charles recommença l'expérience, et il donna sans regret à Louisette les étrennes qu'elle avait si bien gagnées. Il aimait pourtant aussi le sucre de pomme, ce bon Charles ; mais il aimait encore mieux sa petite sœur, et il n'était jamais aussi content que quand il pouvait lui faire plaisir.

Au printemps suivant, Louisette courait à merveille et commençait à babiller; Charles comprenait mieux que personne tout ce qu'elle disait; et comme son affection pour l'orpheline ne se démentait pas, ce fut lui que Périne chargea d'apprendre à Louisette sa première prière. La petite fille répétait sans comprendre ce qu'il lui dictait; mais Charles commençait à faire attention à ce qu'il disait au bon Dieu, et la leçon qu'il donnait à Louisette lui profitait plus qu'à elle.

Jean et Périne se réjouissaient de voir grandir l'affection qui unissait ces deux enfants; ils remerciaient Dieu d'avoir donné un si bon cœur à leur fils bien-aimé, et ils se trouvaient heureux d'avoir une petite fille qui ne pouvait manquer de ressembler à celui qu'elle appelait son frère.

Quand Charles eut six ans, on parla de le mettre à l'école; il répondit qu'il n'y voulait pas aller; Périne le gronda doucement et tendrement; mais comme il s'obstinait à refuser d'obéir, Jean se fâcha bien fort, et l'enferma dans un cabinet noir, où l'on entassait la provision de bois pour l'hiver.

Charles n'avait pas peur; il savait bien qu'on n'a pas plus à craindre dans les ténèbres qu'à la lumière; mais il pleurait et sanglotait, parce qu'il n'était pas habitué à être si sévèrement traité. Son père avait dit qu'il ne sortirait de sa prison que pour aller à l'école; et quoique sa mère fût bien triste de lui voir tant de chagrin, elle ne voulait pas lui en ouvrir la porte, à moins qu'il ne promît d'obéir.

Elle lui demandait de temps en temps s'il était décidé à aller en classe; elle accompagnait cette demande de quelques remontrances pleines de douceur; mais toujours le petit Charles répondait *non*.

C'était bien extraordinaire de la part d'un enfant qui passait pour être assez obéissant; mais Charles avait plusieurs camarades un peu plus âgés que lui, qu'on envoyait à l'école et qui s'y trouvaient fort mal, parce que, comme ils ne voulaient rien écouter, on était forcé de les mettre en pénitence à chaque instant. Ils se plaignaient donc beaucoup du maître ; aussi Charles se figurait-il que c'était un très-méchant homme, et il en avait une peur affreuse.

Il persistait donc à refuser de se laisser conduire en classe, et il était depuis plus d'une heure dans le cabinet noir, quand une fillette du voisinage, qui avait emmené Louisette à la promenade, revint avec elle chez Périne.

— Où est Charles ? demanda bien vite la petite fille, en versant sur la table des poignées de grosses groseilles ; voilà pour lui.

— Non, Louisette, c'est pour toi, Charles n'en aura pas ; car il est méchant, dit Périne.

— Oh ! non, maman, Charles est gentil,

répondit l'enfant. Viens donc, Charles, manger des groseilles.

— Il ne peut pas venir ; il est enfermé là-dedans, parce qu'il ne veut pas aller à l'école.

— A l'école ? demanda Louisette. Pourquoi va-t-on à l'école ?

— Pour apprendre à lire et pour devenir bien sage. Vois-tu, Louisette, si Charles voulait y aller, il pourrait bientôt lire les belles histoires qui sont dans ce gros livre, où il y a tant d'images, et il te les raconterait. Et puis, quand il serait bien savant, il t'apprendrait à lire aussi. Mais il ne le veut pas ; il aime mieux faire du chagrin à son papa et à sa maman, en leur désobéissant, comme font les méchants petits garçons, que le bon Dieu n'aime pas. Voilà pourquoi Jean l'a mis en prison.

— En prison ! répéta Louisette. Ah ! maman, ouvre-lui la porte, il sera sage, n'est-ce pas, mon Charles ?

— Réponds, mon ami, dit Périne ; seras-tu sage, comme ta sœur me le promet ?

— Dis oui, Charles, dis oui bien vite. Tu auras des groseilles et tu me raconteras les histoires du gros livre, et tu m'apprendras à lire. Ah ! je vois bien que tu es méchant, puisque tu ne réponds pas.

— Non, je ne suis pas méchant, dit Charles d'une voix plaintive, et je veux bien aller à l'école, pour apprendre à lire à Louisette.

— A la bonne heure ! dit Périne, en ouvrant la porte. Je te reconnais à présent pour mon petit garçon, puisque te voilà redevenu bien obéissant. Embrasse-moi donc, et promets-moi de ne plus jamais être entêté. Tu sais que les enfants du bon Dieu ne doivent pas dire à leurs parents : « Je ne veux pas faire ceci, » et que, quand ils sont indociles, le bon Dieu ne les aime plus, ce qui est un bien grand malheur.

Pendant que la bonne Périne parlait

ainsi, Louisette s'était approchée de son frère; elle lui essuyait les yeux du coin de son tablier, et lui présentait de l'autre main les plus belles de ses groseilles.

— Il ne faut plus te faire mettre en prison, dit-elle; car je pleurerais beaucoup.

La gentille enfant conduisit Charles jusqu'à l'école. Périne y entra pour le recommander à l'instituteur, et Louisette, qui tenait la jeune femme par la jupe, se garda bien de rester dehors.

L'instituteur fit une caresse à Charles; puis, apercevant la petite fille, il l'embrassa et lui donna des bonbons, qu'elle se hâta de partager avec son frère.

— Je n'ai plus peur de vous, monsieur, dit Charles, puisque vous êtes si bon pour Louisette. Vous m'apprendrez à lire tout de suite, n'est-ce pas?

— Cela ne s'apprend pas en un jour, mon petit ami, répondit le maître; mais vous saurez bientôt, si vous êtes attentif et obéissant.

— Il le sera, monsieur, dit Périne, parce que si vous n'étiez pas content de lui, il ne pourrait pas donner des leçons à sa petite sœur.

Le maître comprit tout de suite le parti qu'il pourrait tirer de l'affection de Charles pour Louisette ; il promit à la petite fille de lui donner une belle image, si Charles était sage toute la semaine ; et le samedi arrivé, il en donna deux, l'une pour le petit garçon, l'autre pour sa sœur.

Au bout de trois mois, Charles commençait à lire et Louisette connaissait toutes ses lettres ; elle avait un très-grand plaisir à les étudier avec lui ; et quand Jean les voyait tous deux, assis sur un petit banc, aux pieds de Périne, la tête penchée vers le gros livre qu'elle tenait sur ses genoux, il remerciait Dieu de lui avoir donné deux si beaux et si bons enfants.

Il les aimait autant l'un que l'autre, et chaque jour il s'applaudissait d'avoir recueilli sous son toit la pauvre orpheline abandonnée. Quant à eux, ils se croyaient vraiment frère et sœur; Charles ne se rappelait plus qu'un matin sa mère l'avait trouvée dans un champ, et Louisette ne l'avait jamais su, Périne ayant prié les voisins et les voisines de ne pas lui en parler.

Ils grandirent tous deux sans que la présence de Louise amenât la moindre gêne dans le modeste ménage. Jean et sa femme se levaient un peu plus tôt, se couchaient un peu plus tard; et comme le bon Dieu bénissait leur travail, ils avaient chaque année les plus beaux blés et le meilleur vin de tout le canton. Quand ils avaient mis à part ce qu'il fallait pour leur consommation, ils vendaient le reste, et ils employaient cet argent à agrandir leur petit bien. On n'était pas trop jaloux de leur bonheur, parce que c'étaient de braves gens, toujours prêts à rendre service à tout le monde, et qu'on savait que s'ils prospéraient, ce n'était pas sans se donner beaucoup de mal.

Quand Louisette eut l'âge d'aller à l'école, elle en fut bien contente ; elle savait déjà lire et elle avait un grand désir de devenir aussi savante que Charles, qui était le premier de sa classe. Jean n'avait aucune instruction ; il lisait l'imprimé avec assez de peine ; quant à l'écriture, il ne pouvait la déchiffrer, et il lui fallait au moins cinq minutes pour signer son nom.

Ce n'était pas sa faute, s'il n'en savait pas davantage ; il était l'aîné d'une pauvre et nombreuse famille ; il avait commencé à se rendre utile dès qu'il l'avait pu, et on ne lui avait pas laissé le temps d'étudier. Mais comme il avait eu souvent l'occasion de reconnaître que l'ignorance est une triste chose, il aimait mieux envoyer les deux enfants en classe que de se faire aider par eux dans les champs.

— Quand j'étais à votre âge, leur disait-il quelquefois, il y avait déjà longtemps que je gagnais mon pain. Je menais les vaches au pâturage, je faisais la fenaison, la moisson, la vendange, et l'hiver j'allais ramasser des branches mortes dans les bois. Je ne vous demande rien de tout cela, je veux bien travailler pour vous ; mais du moins ne rendez pas mes peines inutiles ; ne perdez pas votre temps, étudiez tant que vous pourrez ; car si vous agissiez autrement, vous le regretteriez toute votre vie.

Les enfants écoutaient docilement cette recommandation, et si l'un d'eux l'eût oubliée, l'autre la lui eût rappelée ; car ils continuaient à s'aimer tendrement, et chaque jour ils s'encourageaient à donner de la satisfaction à leurs parents.

— Ecoute, Louisette, disait Charles, nous serons bientôt grands et forts ; il faudra alors que papa et maman se reposent. J'irai aux champs de grand matin, pendant que tu feras l'ouvrage de la maison, tu viendras me rejoindre, et nous travaillerons tant, que nous viendrons tout seuls à bout de la besogne.

Louise souriait : elle était de trois ans plus jeune que Charles; mais elle était plus avisée, et elle pensait bien que Jean et Périne ne consentiraient pas à se croiser les bras; du moins elle se promettait d'alléger de son mieux leurs fatigues, et surtout de les rendre heureux, à force de soins, de prévenances et de caresses.

— Il faut déjà commencer à les aider le plus que nous pourrons, répondait-elle à son frère. Nous n'avons pas besoin d'aller jouer et courir avec les autres enfants, après la sortie de la classe ou les jours de congé; nous ne pouvons pas être mieux qu'avec papa et maman; et si nous voulons faire seuls tout l'ouvrage, quand nous serons grands, il faut nous habituer à travailler pendant que nous sommes encore petits.

Charles sentait bien qu'elle avait raison; mais, quoiqu'il eût beaucoup d'affection pour ses parents, il aimait tant le jeu, en vrai gamin qu'il était, que, sans les conseils de

Louisette, il aurait souvent oublié ses bonnes résolutions. Il la rebutait bien un peu parfois, quand elle venait l'arracher à quelque partie de plaisir; mais il se repentait aussitôt de sa brusquerie, et il l'embrassait, en la priant de lui pardonner.

Il n'y avait pas dans tout le village une petite fille aussi raisonnable que Louise, aussi sage, aussi studieuse. Les mères la citaient pour modèle à leurs enfants, la maîtresse de sa classe en faisait autant, et bien souvent, au catéchisme, monsieur le curé, charmé de la justesse de ses réponses, faisait honte à de grandes ignorantes, en les comparant à cette enfant, qu'elles dépassaient de toute la tête. En recevant tous ces éloges, Louisette rougissait de plaisir, ce qui ne l'empêchait pas de se sentir un peu embarrassée; car sa mère lui avait appris que nous ne devons pas nous enorgueillir de ce qu'il y a de bien en nous, parce que c'est le bon Dieu qui nous l'a donné.

Elle ne se montrait donc pas du tout fière avec ses compagnes ; mais il y en avait dans le nombre quelques-unes qui lui en voulaient d'être si sage et si instruite. C'était bien mal de leur part : la jalousie est un mauvais sentiment qu'on ne doit pas laisser approcher de son cœur ; il vaut bien mieux tâcher d'imiter les enfants qui donnent le bon exemple que de chercher à leur faire de la peine.

Louise n'avait jamais contrarié ni humilié volontairement personne ; cependant elle avait des ennemis aussi bien parmi les petits garçons que parmi les petites filles, parce que les camarades de Charles savaient bien qu'ils le conduiraient à leur fantaisie, s'ils pouvaient empêcher sa sœur de s'occuper de lui. Une circonstance que Louise n'avait pas cherchée acheva d'indisposer contre elle tout ce qu'il y avait dans le village d'enfants indociles et paresseux.

La paroisse étant peu considérable, on ne

faisait la première communion que tous les deux ans; quand Périne alla présenter Charles, le bon curé voulut aussi inscrire Louisette. On ne savait pas au juste quel âge elle avait; et comme elle était aussi pieuse qu'instruite, il crut pouvoir, sans aucune injustice, donner à Périne le bonheur de voir ses deux enfants s'approcher en même temps de la table sainte. Il fit comprendre à Louise qu'il lui accordait cette grande faveur; il espérait qu'elle s'en montrerait digne en redoublant de sagesse et d'application.

Elle le promit, et, à dater de ce jour, elle travailla sérieusement à tenir sa promesse. Pendant une année, on n'eut pas une seule étourderie à lui reprocher, et elle obtint le prix qu'on avait l'habitude de décerner à la meilleure élève, à la fin de cette première année. Du côté des garçons, le prix fut donné à Charles, et il serait difficile de se faire une idée de la joie que ce double triomphe apporta dans la maison de Jean et de Périne.

Il leur fallait bien cela pour les consoler un peu; car, depuis quelques mois, ils avaient essuyé beaucoup de malheurs. La grêle avait ravagé leurs champs et leurs vignes, un ami à qui ils avaient prêté de l'argent était mort sans pouvoir le leur rendre, et en allant à son enterrement, un jour de verglas, Jean avait glissé et s'était cassé la jambe. C'était la première fois, depuis leur mariage, qu'il leur arrivait des accidents ; mais ils ne se crurent pas abandonnés du bon Dieu qui les avait protégés jusque-là.

— Patience ! disait Périne à son mari, c'est un mauvais moment à passer ; si nous ne murmurons pas contre la Providence, elle nous rendra son aide, et nos chagrins seront oubliés.

Jean aimait trop Périne pour ne pas l'écouter ; d'ailleurs, il savait qu'elle était bonne chrétienne et il comptait, à cause d'elle, sur la protection du Seigneur.

— Tu vois, lui dit-elle, en lui montrant les prix de Charles et de Louisette, tu vois, mon ami, que le bonheur nous revient.

Deux jours après, le docteur permit à Jean de quitter son lit, sur lequel il était cloué depuis six semaines. Jean fit sans trop de peine ses premiers pas, et comme il se tourmentait beaucoup de la crainte de rester estropié, il se trouva tout à fait consolé, quand cette crainte fut dissipée. Dès qu'il put sortir, il voulut assister à la messe avec sa femme et ses deux enfants, puis il donna à Charles et à Louise la permission de s'amuser toute la journée. Charles en usa largement. C'était un jeudi; il eut bientôt trouvé des camarades avec lesquels il alla courir dans les bois nouvellement reverdis. Louise alla voir quelques-unes de ses petites amies, puis elle rentra, et, pour distraire Jean, qui était encore obligé de se reposer, elle lui lut tout entier le beau livre qu'elle avait reçu en prix.

Charles ne rentra ni pour dîner ni pour goûter ; ses parents ne s'en inquiétèrent point ; car il avait dit qu'il irait voir un de ses oncles, au village voisin. Mais quand Périne vit la nuit approcher, elle se repentit de l'avoir laissé partir. Tous les dangers qui menacent un enfant étourdi se présentèrent à son esprit, et quoiqu'elle ne dît rien, Jean devina ce qu'elle pensait.

— Va donc voir, ma Louisette, dit-il, si ton frère ne serait pas chez les petits Bernard ou bien avec Eugène Lacroix. Ta mère commence à trouver le temps long de ne pas le voir rentrer.

— C'est vrai, répondit Périne. Va, ma fille, et reviens vite.

Louisette sortit en courant. Elle n'aimait pas beaucoup les petits Bernard, qui se moquaient d'elle souvent et lui avaient déjà joué plus d'un mauvais tour ; mais pour obéir à son père et pour rassurer sa mère, elle eût affronté bien autre chose que les railleries de deux gamins. Elle frappa donc à la porte du père Bernard, qui vint ouvrir en grondant, parce qu'il croyait que c'étaient ses enfants qui rentraient. Il gronda bien plus encore quand il vit qu'il s'était trompé, et il ne répondit même pas au bonsoir que Louisette lui souhaitait poliment.

Elle alla plus loin; mais on n'avait pas vu Charles chez Mme Lacroix, et la fillette continua son chemin, en s'arrêtant inutilement chez tous les camarades de son frère. La plupart étaient absents comme lui; mais l'un d'eux dit à Louise de monter jusqu'à la place, où Charles jouait sans doute encore.

Elle suivit ce conseil; mais en arrivant sur la place, elle s'arrêta, effrayée par le bruit d'une violente dispute. Sept ou huit enfants se querellaient et semblaient disposés à passer des injures aux coups.

— Répète un peu ce que tu viens de dire, cria une voix que Louise reconnut pour celle de Charles. Répète-le, et tu auras affaire à moi....

— Et pourquoi donc ne le répéterais-je pas? répondit-on. Est-ce que tu crois que je suis un poltron de ton espèce?

— Moi, un poltron! dit Charles indigné. C'est plutôt toi qui as peur, puisque tu ne répètes pas ce que je te demande....

— Eh bien! si, je le répète; Louisette n'a pas le droit de tant faire sa fiérotte avec tout le monde; elle n'a pas le droit de te faire marcher comme un tou-tou; car elle n'est pas ta sœur.

— Elle n'est pas ma sœur? Qu'est-ce que tu me chantes donc?

— Je te dis la vérité, et tout le village te la dira comme moi: cette petite bégueule n'est qu'une enfant trouvée, que Jean et Périne ont recueillie par charité.

— Tiens, méchant! tiens, menteur! voilà pour ta peine! s'écria Charles, en souffletant deux fois son camarade.

Celui-ci, qui était plus grand et plus fort, répondit en s'élançant sur Charles qu'il culbuta, et sur la tête et le dos duquel il fit pleuvoir une grêle de coups de poing. Charles ripostait de son mieux, et la bataille eût sans doute duré longtemps, car aucun de leurs camarades ne songeait à les séparer ; mais Louise accourut, en appelant Charles de toutes ses forces. Elle écarta les petits garçons qui lui barraient le passage et se jeta en pleurant au milieu du cercle qu'ils formaient autour des combattants.

En reconnaissant sa voix, Charles, par un effort suprême, parvint à se dégager de l'étreinte de son adversaire et à se remettre sur ses pieds. La partie redevenait égale, et il se disposait à prendre sa revanche ; mais Louisette, sans craindre de recevoir les coups qui ne lui étaient pas destinés, prit les deux bras de son frère, le força de reculer, et, se plaçant entre lui et le mauvais sujet qui l'avait tant maltraité, elle leur dit résolûment :

— Vous ne vous battrez pas davantage ;

je ne veux pas que vous vous battiez pour moi. Si je suis une fiérotte, comme vous le dites, Bastien, ce n'est pas Charles qui en est la cause, et vous n'avez pas le droit de lui en faire des reproches; mais il me semble que je ne vous ai jamais fait de mal, ni à vous ni à personne, et je ne sais pas pourquoi vous me détestez.

— Ecoutez donc comme elle parle bien, mademoiselle Pimbêche! dit Bastien, qui trouvait en effet que Louise avait raison, mais qui ne pensait guère à en convenir. Quel dommage que ce ne soit qu'une enfant trouvée!

— Tu en as menti! s'écria Charles, en s'élançant de nouveau sur lui.

Mais Louisette, qui était toute mince et toute délicate, se trouva tout à coup si forte, qu'elle empêcha son frère de faire un pas en avant.

— A quoi sert-il de se battre? dit-elle. Viens plutôt trouver ta mère, elle nous dira mieux que personne si Bastien est un menteur.

— Oui, allez-y, mes agneaux, répondit le méchant garçon ; et quand Périne vous aura dit la vérité, vous viendrez me demander pardon. Autrement la chose tournera mal, je vous en préviens.

— Je me moque de toi et de tes menaces, dit Charles; et quoique tu aies deux ans de plus que moi, nous nous battrons, quand tu voudras.

— Eh bien ! tout de suite.

— Non, puisque Louise ne le veut pas. J'aime mieux te contrarier que de lui faire de la peine. Viens, Louisette, quand tu ne serais pas ma sœur, qu'est-ce que cela fait, puisque je t'aime autant que si tu l'étais ?

Les deux enfants s'éloignèrent en se tenant par la main ; Louisette avait le cœur bien gros ; car il lui semblait bien qu'on ne pouvait inventer des choses pareilles à celles que Bastien venait de dire; quant à Charles, il éprouvait encore plus de colère que de tristesse, et tout le long du chemin, il murmurait à part lui de grosses injures contre son adversaire.

Charles rentra le premier. En le voyant, sa mère jeta un cri : sa blouse était déchirée, et il avait du sang sur le front et sur les joues. Louisette n'avait pas vu cela ; car la nuit était presque entièrement tombée, quand elle avait séparé les combattants.

— Ne le gronde pas, maman, dit-elle, en se jetant au cou de Périne; il s'est battu contre un mauvais garçon, qui lui a dit que je ne suis pas sa sœur, mais une enfant trouvée, que tu as un jour rapportée des champs.

— Si Charles était rentré de bonne heure, cela ne serait pas arrivé, répondit Périne avec embarras. Il sait bien d'ailleurs qu'on lui défend toujours de fréquenter les méchants.

— C'est avec l'aîné des Bernard qu'il s'est battu, j'en répondrais, dit Jean.

— Non, papa, c'est avec le grand Bastien, reprit Louisette. Si tu savais comme il le frappait, quand je suis arrivée....

— Oh ! dit Charles, il a reçu aussi quelques bons coups....

— Voilà une belle conduite, et nous pourrons être tranquilles, ta mère et moi, quand tu tarderas à rentrer, dit Jean. Nous croyions avoir un garçon sage et paisible, et voilà que nous n'avons qu'un querelleur.

— Mais, papa, je ne pouvais pas laisser dire de tels mensonges devant moi. Les autres auraient cru que c'était la vérité.

— Et quand cela serait, mon ami, dit Périne, est-ce que notre petite Louise serait moins bonne et moins digne d'être aimée ? Est-ce que ce serait sa faute, si sa pauvre mère, avant de mourir, l'avait déposée au bord d'un champ, en la recommandant au bon Dieu et aux braves gens qui la trouveraient ?

— Non, oh ! non, pauvre petite, ce ne serait pas sa faute, et je l'aimerais encore plus que je ne l'aime, si elle n'avait plus de papa ni de maman, s'écria Charles.

— C'est donc vrai, dit Louise, en cachant sa tête sur l'épaule de Périne, c'est vrai que je ne suis pas votre fille, et que vous m'avez élevée par charité ?

Périne la prit sur ses genoux et la couvrit de baisers.

— Mon enfant, dit-elle, nous t'aimons autant que ton frère.

— Oui, ajouta Jean, nous tenons à toi ni plus ni moins que si nous t'avions donné la vie.

— Mais je n'ai ni père, ni mère, ni frère !... dit Louise en sanglotant.

— Si fait ! reprit Jean, tu as tout cela ; car nous ne t'abandonnerons jamais. Ne te fais pas de chagrin, petite ! Les choses sont aujourd'hui ce qu'elles étaient hier; et puisque tu étais heureuse, rien ne t'empêche de l'être encore.

— Laisse-la pleurer, Jean, dit Périne; elle ne peut qu'avoir de la peine ; mais ça devait venir tôt ou tard, et il vaut encore mieux que ce soit tout de suite que dans deux ou trois ans.

La bonne Périne parlait ainsi, parce qu'elle savait bien qu'à l'âge de Louisette la gaîté revient promptement. La petite fille avait vraiment un gros chagrin, et ses larmes coulèrent malgré elle pendant toute la soirée ; le lendemain, en s'éveillant, elle avait encore le cœur un peu serré ; mais sa tristesse se dissipa tout doucement ; et si elle n'oublia pas ce qui l'avait tant affligée, du moins elle finit par s'en consoler.

En apprenant que Jean et Périne ne lui devaient rien, elle sentit redoubler pour eux sa reconnaissance ; elle devint encore plus attentive à leurs leçons, plus empressée à prévenir leurs moindres désirs, plus heureuse de pouvoir leur rendre toutes sortes de petits services.

Dès que Jean fut rétabli, il reprit son travail avec beaucoup d'ardeur; mais si le laboureur cultive et sème, c'est Dieu qui donne la récolte, et cette année-là le froid dura si longtemps, la pluie revint si souvent, que le blé manqua et que le raisin ne put mûrir. La dernière campagne ayant été mauvaise, Jean avait été obligé d'emprunter de l'argent; il en emprunta encore : il fallait vivre, en attendant la moisson suivante.

Il y avait donc de la gêne dans le ménage. Louise le voyait, et elle priait le bon Dieu de la faire grandir bien vite, afin qu'elle pût travailler pour ses parents adoptifs. Elle n'avait pas de plus vif plaisir que de penser au jour, sans doute encore éloigné, où elle pourrait leur dire, en leur remettant son salaire :

— Prenez, c'est moi qui l'ai gagné.

Périne lisait à merveille dans ce bon petit

cœur ; aussi n'osait-elle pas se plaindre, de peur que l'enfant ne souffrît trop de lui être à charge. Elle cachait, au contraire, ses ennuis le plus qu'elle pouvait, et elle ne disait pas combien il lui était difficile de mettre chaque semaine quelques sous de côté pour que Charles et Louise fussent habillés de neuf le jour de leur première communion. Elle commença par acheter la robe blanche et le voile de la petite fille, puis elle s'occupa de la toilette de Charles.

L'habit de noces de Jean était devenu trop étroit, elle le fit recouper. Cette grande dépense épargnée, elle vint à bout du reste. Il manquait encore des gants, des livres neufs et une couronne pour Louise ; Périne vendit un peu de lin qu'elle avait filé pendant l'hiver, et elle se promit d'achever ses emplettes, lorsqu'elle irait à la ville.

La veille du jour fixé pour ce petit voyage, une amie de Louisette vint lui montrer avec beaucoup de joie une paire de boucles d'oreilles que sa marraine lui avait envoyées, comme cadeau de première communion. Louise les admira franchement et les fit admirer à Périne.

— Puisque tu les trouves si belles, dit la bonne mère, je veux que tu en aies aussi. Je prendrai demain celle qui est là, ajouta-t-elle en désignant l'armoire où elle avait rangé la grosse boucle d'oreille que l'enfant portait au cou, lorsqu'elle l'avait recueillie. Je l'échangerai contre deux petits anneaux comme ceux-ci, et tu les étrenneras le jour de ta première communion. Qu'en dis-tu, ma fillette ?

— Ce sera comme tu voudras, maman, répondit Louise; mais il me semble que j'aime encore mieux garder ce qui me vient de mon autre maman, qui est morte.

— Eh bien! garde-le, chère enfant, dit Périne en l'embrassant. D'ailleurs, j'ai une bonne bourse, et peut-être que nous aurons pour les boucles d'oreilles comme pour le reste.

— Oh ! ne t'inquiète pas de cela, maman, je m'en passerai sans regret ; on n'a pas le temps de penser à sa toilette le jour de sa première communion.

Périne en convint et ne parla plus de boucles d'oreilles. Elle partit de grand matin pour la ville, et elle était déjà rentrée, quand les enfants revinrent du catéchisme.

— Montre-moi mon beau livre, maman, dit Charles.

— Ton beau livre? répondit Périne ; mais, mon fils, je n'en ai pas acheté, j'en ai un dans lequel il y a des prières magnifiques, je te le prêterai.

— J'aurais voulu en avoir un neuf, reprit Charles ; tous mes camarades en ont.

— Qu'est-ce que cela fait, puisque tu auras le mien ?

Charles n'insista pas ; mais il alla tristement s'asseoir au coin du feu.

— Tiens, Louisette, va porter tes gants dans ton tiroir, dit Périne.

Et sitôt qu'elle fut sortie, la bonne mère s'approcha de son fils.

— Je ne t'ai pas acheté de livre, lui dit-elle, parce que voici des boucles d'oreilles pour Louisette. Est-ce que je n'ai pas bien fait ?

Charles sauta au cou de Périne.

— Ce sera toi qui lui en feras cadeau, ajouta-t-elle. Elle sera bien surprise et bien contente ; mais il ne faut pas lui en parler du tout.

— Oh ! les belles petites pierres bleues ! s'écria Charles, en ouvrant la boîte.

— Chut ! dit Périne, s'apercevant alors que Louisette n'avait pas refermé la porte derrière elle.

Toutefois elle s'en apercevait un peu tard, la fillette avait tout entendu. Charles cacha la petite boîte dans sa poche, et, ne sachant que dire, pour dissimuler son joyeux embarras, il demanda à sa sœur si elle avait bien compris tout ce que monsieur le curé avait expliqué.

— Ce n'était pas difficile, répondit-elle. Il ne faut pas prendre le bien d'autrui; il faut rendre ce qu'on trouve, payer ce qu'on doit, et savoir se contenter du peu qu'on possède, sans envier ce qui appartient aux autres.

— Mais quand on ne possède rien du tout?... dit Charles.

— Il n'y a qu'une loi, pour les pauvres comme pour les riches, n'est-ce pas, maman? reprit Louise.

— Sans doute, ma fille. Seulement les pauvres qui l'observent bien ont plus de mérite que les autres.

— Mais, maman, dit encore Louisette, il n'y a personne qui ne possède quelque chose. Papa trouve qu'il n'est pas riche; mais il a une maison, un jardin, un champ, une vigne; notre voisin, qui se plaint toujours, a un grand troupeau de moutons et de l'herbe pour les nourrir ; et moi, qui suis peut-être la plus pauvre de tout le village, j'ai une boucle d'oreille qui vaut au moins 5 fr. C'est bien à moi, maman, ce bijou-là ?

— Oui, Louisette, c'est bien à toi, tu en peux disposer comme il te plaira.

— Merci, maman ; je vais la prendre, puisque tu me le permets.

— Montre-la-moi, dit Charles, en suivant sa sœur dans la chambre voisine.

A peine étaient-ils sortis, que Jean arriva, quoiqu'il fît encore grand jour.

— Serais-tu malade ? lui demanda Périne, qui le trouvait pâle et abattu.

— Non, répondit-il ; mais j'apporte une mauvaise nouvelle : le cousin Paul marie sa fille dans un mois et il a besoin des 600 fr. qu'il nous a prêtés.

— A qui nous adresserons-nous pour trouver une si grosse somme ? dit Périne avec inquiétude. Si nous avions seulement une année devant nous ; mais un mois....

Mon Dieu! venez à notre aide, s'il vous plaît!

— Le bon Dieu ne nous écoute plus, Périne....

— Tais-toi, Jean. J'espère bien qu'il ne nous abandonnera pas dans une si grande peine; mais il faut prendre garde de murmurer contre sa volonté.

— Je ne murmure pas, répliqua Jean; mais tu sais comme moi que depuis longtemps rien ne nous réussit. Nous nous donnons beaucoup de mal tous les deux, nous travaillons plein nos bras et nous arrivons au bout de l'année avec des dettes. Si cela continue, il faudra vendre les terres, puis la maison, et aller demander l'aumône.

— Ne te désole pas ainsi, mon pauvre Jean; les années se suivent et ne se ressemblent pas; il ne faut qu'une bonne récolte pour nous faire oublier les autres.

— Oui, mais si elle ne vient pas, qu'est-ce que nous ferons? Et quand elle viendrait, nous ne pouvons pas l'attendre pour rembourser les 600 fr.

— C'est vrai, dit Périne, en baissant la tête. Est-ce que tu crois que le notaire ne nous les prêterait pas ?

— Non, parce qu'il m'en veut de ne pas lui avoir cédé mon jardin, pour agrandir le sien. Ah ! ma pauvre Périne, nous n'avons point de chance.... Tu m'avais pourtant promis que la bénédiction du Seigneur serait avec nous, si nous traitions Louise comme notre enfant. Le bon Dieu sait que je ne l'ai pas fait pour en être récompensé; mais j'avais confiance en tes paroles, et tu vois bien que j'avais tort.

Périne ne trouva rien à répondre ; elle était aussi triste que son mari ; mais sa confiance en la Providence l'empêchait de se décourager tout à fait.

Les enfants causaient gaîment dans la chambre voisine. Louisette avait fait voir et peser sa boucle d'oreille à Charles ; puis, sans qu'il s'en aperçût, elle lui avait fait dire quel livre il aimerait à avoir, et elle savait qu'il désirait par-dessus tout un paroissien relié en maroquin rouge, comme le missel des jours de fête, et qu'il voulait y trouver tous les offices en français, pour les comprendre, et en latin, pour les chanter au chœur, lorsqu'il serait un peu plus grand.

Louise était bien décidée à lui faire cette belle surprise le jour de sa première communion ; mais elle désirait n'en pas parler à sa mère, et là était toute la difficulté ; car on ne vendait pas de livres au village, et il n'y avait pas d'orféyre pour acheter la boucle d'oreille.

Elle y pensait encore en soupant, et sa préoccupation l'empêchait de remarquer celle de Jean et de Périne. Comme elle enlevait le couvert, la mère Lisbeth entra.

— Est-ce que vous avez été à la ville ce matin, Périne ? demanda-t-elle.

— Oui, Lisbeth. J'ai frappé à votre porte

pour savoir si vous aviez des commissions ; mais vous n'étiez pas chez vous.

— Voyez un peu comme c'est mal tombé. Il faut que j'y aille pour régler un vieux compte avec un homme qui n'a pas une trop bonne réputation ; et comme je n'entends pas grand'chose aux chiffres, je vous aurais priée de venir avec moi.

— Je ne sais pas déjà si bien compter non plus, dit Périne ; mais si ça vous oblige, mère Lisbeth, vous pourrez prendre un de nos enfants. Demain, par exemple, c'est jeudi ; pourvu que vous soyez revenue à l'heure du catéchisme, tout sera pour le mieux.

— Me voulez-vous, voisine ? demanda Charles.

— Je sais bien que tu es savant, répondit la bonne vieille ; mais tu es encore étourdi, et si Louisette pouvait venir....

— A votre service, mère Lisbeth, s'écria la petite fille toute joyeuse.

— Eh bien ! mon enfant, tiens-toi prête à sept heures, et nous serons rentrées pour midi.

Louisette s'éveilla de grand matin, et comme la voisine ne dormait guère, elles se mirent en route au petit jour. Le compte fut soigneusement vérifié par la fillette, et la mère Lisbeth, voulant la régaler d'un gâteau, lui en donna deux, pour qu'elle ne se contentât pas d'une moitié. La bonne vieille n'avait plus rien à faire en ville ; mais Louisette la pria de l'attendre sur un banc et courut chez un orfévre, dont elle avait remarqué le magasin.

— Monsieur, dit-elle en saluant timidement, voici une boucle d'oreille que je voudrais vendre, pour acheter un livre à mon frère ; voulez-vous me dire ce qu'elle vaut ?

— Dites-moi d'abord qui vous êtes, et d'où vous vient cette boucle d'oreille, répondit le marchand.

— Je m'appelle Louisette, monsieur, et

cette boucle d'oreille me vient de maman, qui est morte il y a bien longtemps.

— Si cela était, vous en auriez deux. Vous avez trouvé celle-ci, à moins que vous ne l'ayez volée.

— Oh! monsieur, s'écria Louise, dont les yeux se remplirent de larmes, je dois faire dimanche ma première communion; vous pensez bien que je ne voudrais ni mentir ni voler.

— Je vous crois, ma petite, dit l'orfévre, en la regardant mieux qu'il ne l'avait encore fait; mais je ne peux pas vous acheter cela, parce que vous n'êtes qu'une enfant. Si vous aviez avec vous quelque personne raisonnable et connue, ce serait différent.

Louise sortit du magasin et appela Lisbeth, qui commençait à trouver le temps long. La bonne vieille pouvait mieux que personne affirmer que le bijou en question appartenait à la petite fille, et comme elle était précisément connue de l'orfévre, il pesa la boucle d'oreille.

— Elle est très-lourde, dit-il ; la boule n'est pas creuse comme on les fait ordinairement ; mais elle est peut-être remplie de fer ou de plomb. C'est ce que nous allons voir.

Il prit de petites tenailles et déchira sans peine la mince feuille d'or qui enveloppait cette boule; mais au lieu du fer ou du plomb qu'il pensait y trouver, il en vit sortir une pierre brillante, qui roula sur le comptoir.

— Quel dommage que ce ne soit pas de l'or ! dit Louisette en la ramassant.

Le bijoutier la prit, l'examina, la tourna dans tous les sens.

— C'est un diamant de la plus belle eau, dit-il.

— Un diamant ! s'écria Lisbeth. Mais le diamant vaut encore plus que l'or.

— Certainement, répondit le marchand : la boucle d'oreille vaut 3 fr. ; mais j'offre 1,500 fr. du diamant.

— Jésus ! mon Dieu ! 1,500 fr. ! répéta Lisbeth, en joignant les mains. Qu'est-ce que tu vas faire de tout cela, mon enfant?

— Oh ! je sais bien ce que j'en ferai, répondit Louisette. Ce sera pour mon père Jean et ma mère Périne, qui m'ont élevée comme leur enfant. Ah ! monsieur, donnez-moi bien vite l'argent; car voilà deux ans que les récoltes manquent, et maman s'est beaucoup gênée pour acheter ma robe blanche et mon beau voile. Mon Dieu ! mon Dieu ! quel bonheur pour eux et pour moi !

— Ecoutez, ma bonne petite, dit l'orfévre, touché de cette joie si pure et si naïve, je ne voudrais pas conclure un marché comme celui-là sans le consentement de ceux que vous appelez votre père et votre mère. Je pense avoir estimé le diamant à sa valeur et je crois qu'on ne leur en offrira pas davantage; mais si cela ne leur convenait pas, je leur rendrais la pierre et ils me rendraient mon argent.

On ne pouvait mieux dire; le marchand aligna devant la mère Lisbeth soixante-quinze pièces de 20 fr., qu'elle compta et recompta tout à son aise, pendant que Louisette allait choisir pour son frère un beau livre d'heures aussi complet que possible.

Elle vint rejoindre sa vieille compagne, et toutes deux reprirent le chemin du village. La joie donnait des ailes à la petite fille ; mais la mère Lisbeth n'avait plus ses jambes de quinze ans, et l'*Angelus* sonnait lorsqu'elles arrivèrent à la porte de Jean.

— Ils sont à table, dit Louisette. Entrez, voisine ; mais ne dites rien.

Périne se leva pour donner une chaise à Lisbeth, qui consentit à prendre sa part du frugal repas.

— Tu parais bien joyeuse, ma fillette, dit Jean. Est-ce que tu nous rapportes quelque chose de la ville ?

— Oui, père, un bon dessert sur lequel vous ne comptez pas. D'abord ceci, que la voisine m'a donné, répondit Louise, en présentant la brioche sur une assiette ; puis ceci, ajouta-t-elle en mettant sur une seconde assiette le beau livre de Charles ; enfin cela....

Le bruit des pièces d'or tombant sur la faïence grossière fit tressaillir les braves gens. Ils crurent d'abord à une illusion de leur cerveau fatigué par l'inquiétude ; mais en voyant l'assiette couverte de la précieuse monnaie, ils demeurèrent stupéfaits.

— Comme vous voilà riche, Lisbeth ! dit Périne, se rappelant la première que la bonne vieille avait un compte à régler en ville.

— Moi ! répondit Lisbeth. Vous vous trompez, Périne ; cet or ne m'appartient pas.

— Vous l'avez donc trouvé sur la route ? demanda Jean.

— Non, père, nous ne l'avons pas trouvé, dit Louise. Il est à moi, ou plutôt il est à vous. C'est le bon Dieu qui vous l'envoie pour vous récompenser de votre charité.

Cela demandait une explication. La petite raconta ce qui s'était passé chez l'orfèvre. Jean, ému jusqu'aux larmes, se leva et joignit les mains en murmurant :

— Soyez béni, Seigneur, qui avez eu pitié de nous, et pardonnez-moi d'avoir douté de votre bonté.

Les 1,500 fr. de Louisette remirent l'aisance dans la maison. Jean paya ses dettes, fit prospérer le reste de la somme, et bientôt, secondé par ses deux enfants, il devint un des bons propriétaires de son village.

FIN.

Rouen, Imp. MEGARD et Cie, rue Saint-Hilaire, 136.

www.ingramcontent.com/pod-product-compliance
Lightning Source LLC
LaVergne TN
LVHW020036170826
845678LV00001B/287

9782329695181